Les Allergiks

Épisode 8

Fouiller parmi les débris

André Marois

Illustrations de
Alexandra Myotte

la courte échelle

Dans l'épisode précédent

VENDREDI : ZOÉ A ÉTÉ PIQUÉE PAR UNE GUÊPE ET NE PEUT PLUS RESPIRER. VINCENT DOIT LUI FAIRE UNE TRACHÉOTOMIE D'URGENCE.

OÙ EST-CE QUE JE TROUE SA GORGE ?

LA CONFÉRENCE DE PRESSE DU PROJET HABITAT 200 TERMINÉE, TONY ET SON PATRON SE RETROUVENT EN LIEU SÛR.

JE DOIS DISPARAÎTRE ? POUR COMBIEN DE TEMPS ?

JE TE FERAI SIGNE.

PLUS TARD, LES TROIS AMIS RENDENT VISITE À ZOÉ À L'HÔPITAL. BUMPER LUI A APPORTÉ UN CD...

JE LE DÉTESTE DÉJÀ AVANT DE L'ÉCOUTER.

RETOUR À LA MAISON. LE CELLULAIRE DE VINCE SONNE AUSSITÔT. PAULO A FAIT UNE ÉTRANGE DÉCOUVERTE.

CE SONT EXACTEMENT LES MOTS DU BILLET ANONYME À AGOTA !

Je t'ai, tu m'as dans la peau, oui, dans ma peau, ma chienne, va!

DÉBRIS ! MERDE, AGOTA, QU'EST-CE QUE T'AS FOUTU ?

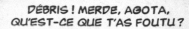

EN SOIRÉE, VINCENT DÉCOUVRE UNE LISTE DE MESSAGES ARCHIVÉS DANS L'ORDINATEUR D'AGOTA. TOUS PROVIENNENT DE « DEBRIS30@HOTMAIL.COM ».

debris30@hotmail.com
debris30@hotmail.com

Les Allergiks

Épisode 8

Fouiller parmi les débris

André Marois

Illustrations de
Alexandra Myotte

la courte échelle

Fouiller parmi les débris

Vendredi soir. La nuit est tombée. Vincent ferme sans bruit la porte de la chambre d'Agota. Il n'a pas l'intention de parler de ses projets à sa mère, qui doit être en train de cuver son vin, et encore moins à Justin.

Il déplie la chaise que sa sœur range contre le mur et en coince le dossier sous la poignée. Il teste la résistance de son installation : du solide.

Il peut se mettre au travail.

À première vue, la correspondance entre Débris et sa jumelle dure depuis plus d'un an. Agota semble avoir conservé tous les courriels échangés à partir de son adresse a-g-o-a-t@hotmail.com. Et c'est copieux.

Vincent éteint la musique. Il a besoin de silence pour se concentrer. S'il découvre un indice important, il avertira l'enquêteur Gibassier. Mais à ce stade-ci, il reste convaincu qu'il est le mieux placé pour décoder les messages. À quel jeu stupide jouait sa sœur?

Vincent lit à voix haute les envois de la disparue.

Qui es-tu, Débris? Comment me connais-tu? Je t'ai déjà rencontré?

Vince interprète les deux rôles, comme dans une pièce de théâtre. Réponse de Débris:

Tu n'as pas la moindre idée de qui je suis. Mais moi, je sais qui tu es. *A goat?* Tu es beaucoup plus jolie que la chèvre de ton pseudonyme.

Ça commence fort. Agota cherche ensuite à se renseigner:

Quel âge as-tu? Que fais-tu dans la vie? Tu ramasses les ordures?

Débris esquive ses questions. Mais comme pour lui prouver qu'il ne bluffe pas, il la détaille:

Tu es jeune et charmante, brune, cheveux longs et bouclés, yeux verts, sportive, beau corps, belles jambes. Tu parles toujours au cellulaire. Taches de rousseur. Parfois, tu n'as pas de trait de crayon noir pour souligner ton regard. Tu fumes.

Agota fume? Vincent ne l'a jamais vue avec une cigarette au bec. Mais c'est sûr que sa meilleure amie, Zoé, n'encourage pas l'abstinence: elle vide un paquet en deux jours.

Débris l'aurait donc surprise à discuter au téléphone. Mais son adresse électronique, comment l'a-t-il découverte? Vincent s'amuse, car sa jumelle suit le même raisonnement que lui:

Qui t'a donné mon courriel?

Débris ne répond pas. Il enchaîne plutôt avec des compliments. Les envois qui suivent deviennent sans équivoque.

Ta jupe verte te va à ravir. Mets-la plus souvent.
J'aime tes genoux.

Arrête ça ou je ne t'écris plus! Pervers. Tu portes bien ton nom, débris mental.

Encore une fois, l'inconnu rattrape la situation en l'entraînant sur un autre terrain.

Aujourd'hui, tu m'as parlé.

La riposte d'Agota traduit son excitation. Il l'a titillée.

Où? Longtemps? Je disais quoi?

Son interlocuteur la manipule encore, tourne autour du pot. Leurs échanges ne sont pas toujours instantanés. Agota écrit plutôt en fin d'après-midi, alors que Débris privilégie le soir, entre 20 h et 23 h 27. Dort-il ensuite? Perd-il l'accès à son ordinateur? Si elle lui envoie un courriel trop tard, la réponse arrive le lendemain.

Vincent accélère sa lecture. La durée de l'échange montre à quel point le petit jeu a créé une accoutumance. Ils dérivent sur des questions philosophiques, politiques, voire sportives. Les derniers messages de Débris redeviennent très explicites:

Les positions qu'on adopte dans la vie diffèrent parfois de celles qu'on préfère au lit.

La jumelle inconsciente joue avec le feu. Jeanne leur a pourtant rabâché des dizaines de fois les règles à respecter sur Internet.

Justement, Débris sait séduire. Il a du vocabulaire, mais certaines phrases sont étrangement tournées ou trop bien formulées. On sent qu'il a pris son temps pour les rédiger.

Depuis un mois, la curiosité d'Agota s'exacerbe. Elle veut rencontrer Débris, découvrir qui se cache derrière ce drôle de pseudonyme. Lui, il tergiverse, prétextant qu'il voyage loin du Québec. Malgré ses précautions, un de ses derniers messages le trahit:

La pluie me fait penser à toi.

Agota a vérifié le jour et l'heure; il pleuvait sur le Plateau au moment de l'envoi. Elle est persuadée qu'il lui a menti. Débris se trouve non loin de là. Il l'épie.

— Il attend son heure pour se jeter sur elle, prédit Vincent.

Les courriels des deux dernières semaines s'enchaînent à un rythme soutenu. Elle exige qu'il se dévoile:

Nous devons nous rencontrer avant l'automne.
Sinon, la chèvre ira brouter un chou plus vert ailleurs.

Le dernier message est arrivé lundi, la veille de la disparition d'Agota. Son laconisme est bourré de sous-entendus :

Nous nous verrons plus vite que tu ne le penses.

* * *

Jeanne se tourne vers son réveil: 1 h 06 du matin. Le sommeil ne viendra pas. Elle a pourtant avalé trois somnifères, mais ça ne suffit plus. Une déchirure atroce a détruit son esprit. Où est Agota? Elle gémit en regardant le portrait de sa fille sur la table de chevet.

Qui est assez cruel pour les torturer ainsi? Si Blaise était couché là, il prendrait Jeanne dans ses bras, il absorberait sa part de douleur. Mais elle doit lutter seule. Serrer les dents, continuer ses recherches et ne pas céder au découragement.

— Je t'aime, mon petit bébé. Tiens bon, où que tu sois.

Jeanne est épuisée. Elle sait qu'elle doit se reposer. Mais elle sait aussi que les cauchemars horribles vont ressurgir dès qu'elle fermera les yeux. Quel supplice! Chaque fois, les images restent gravées dans son esprit. Dire que ses adolescents se régalent de ces films d'horreur où l'on torture des innocents à qui mieux mieux. Malsain.

Elle entend du bruit au rez-de-chaussée. Vincent non plus ne dort pas. Elle se promet de prendre soin de son fils. Il ne lui reste que lui.

Un long tremblement la traverse. Elle ne supporte pas cette odieuse réalité, ce sentiment d'abandon brutal.

* * *

Vincent cogne des clous, mais l'angoisse lui fouette le sang.

Le dernier courriel de Débris laisse présager le pire. Sa main droite se contracte douloureusement à force de tenir la souris. L'horloge en haut de l'écran indique 1 h 07. Les minutes ont filé par dizaines. Et maintenant? Il met l'ordinateur en mode veille.

Il doit garder l'esprit clair. Débris n'a jamais cherché à relancer Agota depuis sa disparition. Cela laisse supposer qu'il sait que c'est inutile de lui écrire.

Pourquoi?

Parce qu'elle se trouve entre ses griffes? Parce qu'il a aperçu les avis de disparition qui tapissent la ville depuis mercredi?

Son adresse, debris30@gmail.com, ne permet pas de remonter jusqu'à lui. Elle a pu être créée depuis un café Internet ou une entreprise. Pourtant, cette personne semblait côtoyer régulièrement Agota. La bête rôde dans les parages.

—Du calme, procédons dans l'ordre, se raisonne Vince. Gab a raison: il faut d'abord vérifier dans notre entourage. L'école, le quartier, les transports en commun…

Où sa sœur discute-t-elle le plus souvent au cellulaire? Certainement pas au collège, car on doit y éteindre son téléphone.

Et pourquoi ce 30 ajouté au bout du pseudo? Cela a-t-il un rapport avec l'âge du type?

— Débris, à nous deux!

Vincent réactive l'écran. Il tape un message à la manière de sa sœur.

— Je suis revenue, mon Débris. On se voit quand?

Il est sur le point d'appuyer sur la touche «Envoyer», mais il suspend son geste. Si Débris est le ravisseur d'Agota, il ne répondra jamais. Pire: il se sentira démasqué, il paniquera et quittera la ville. Et alors, adieu Agota!

Vince devrait plutôt lui écrire depuis sa propre adresse. Mais si personne d'autre qu'Agota ne connaît debris30@gmail.com, il va se méfier tout autant.

Ne pas se précipiter.

Ne pas gaspiller son unique chance.

* * *

1 h 27. Gab est seul chez lui. Il tourne en rond dans sa chambre.

Il allume son ordinateur et retourne sur le blogue intitulé regardezmoncorps.com.

— *And what if?*... murmure-t-il.

Zoé a regardé ces photos avec lui, hier. Elle était ici, collée contre sa chaise. Pourquoi n'a-t-il pas eu le culot d'en profiter ? À cause de Bumper ? À cause de Paulo ? À cause de sa timidité, qu'il dissimule tant bien que mal sous ses discours intelligents ?

Gab retourne aux images observées la veille.

Il y a là quelque chose qui l'a touché sans qu'il sache exactement quoi. Aurait-il découvert un détail qui a un rapport avec la disparition d'Agota ? Girafon repasse une à une les photos, les gros plans sur la peau du modèle. Il essuie ses lunettes, inspecte chaque cliché à la recherche d'une piste. Le grand songe au film dont Vince a parlé à Paulo : *Blow-Up*, dans lequel la preuve d'un meurtre est photographiée par hasard et apparaît en arrière-plan d'une image.

Face à l'écran, Gab se concentre. Soudain, son visage revêt une expression solennelle. Il ressemble à un gars qui vient de réussir sa première mayonnaise maison.

— C'est évident, articule-t-il en éteignant l'appareil d'un doigt tremblotant.

* * *

— Hé !

Samedi matin, 10 h. Vincent se réveille en sur-
saut. Il a passé la nuit écroulé sur le bureau d'Agota.
Un crayon s'est imprimé en creux en travers de sa
joue. Il a les reins en compote. La fin de semaine
commence mal.

Le message adressé à Débris est toujours affi-
ché à l'écran. Il l'efface pour éviter de l'envoyer par
erreur.

À l'étage, Jeanne est déjà devant son ordinateur,
vérifiant les courriels qui auraient pu arriver durant
son court sommeil. Elle répond à Mme Chouinard,
qui demande des nouvelles chaque matin.

Vincent se sert un grand bol de café au lait et
embrasse sa mère. Ils restent silencieux un instant.

— Encore tes rêves ? demande-t-il.

— Je préfère ne pas te raconter. C'est laid. Toi,
bien dormi ?

— À peine. J'étais à bout.

Doit-il parler de Débris à sa mère ? Il hésite. À quoi
bon susciter d'autres inquiétudes ? Pour le moment,
il devrait plutôt réfléchir à la meilleure marche à
suivre.

— Bon, je te laisse, j'ai des devoirs en retard, ment-
il avant de s'éclipser.

De retour dans la chambre d'Agota, il prend une
feuille et note tout ce qu'il sait de Débris. Il ne doit
surtout rien omettre dans sa liste.

Il la voit.

Il l'entend.

Souvent.

Il ne veut pas qu'elle sache qui il est.

Il y a un 30 dans son nom, en plus de Débris.

Il ne répond pas après 23 h 30.

Vincent doit s'ouvrir l'esprit au maximum. Agota lui a caché ses vies parallèles pendant plus d'une année. Elle milite avec Harry. Et voilà qu'elle délire avec un inconnu qui lui fait des avances. Sa jumelle est une énigme qui le panique.

Il complète sa liste avec trois questions qui le hantent:

S'il lui veut du mal, pourquoi a-t-il attendu un an pour passer à l'action?

Quel a été le déclencheur?

Qu'est-ce qui a changé dans le quotidien d'Agota?

—Mais il sort d'où, ce Débris? grogne Vincent en relisant ses notes. Quels sont les lieux publics où elle cause librement au cellulaire? L'arrêt du bus? Le vestiaire du gymnase? Le club vidéo? Hum...

Débris a écrit qu'il voit parfois Agota sans son maquillage. Or sa sœur ne sort jamais sans son trait noir sous les yeux, sauf en cas d'urgence ou pour une course à faire à proximité. Le club vidéo ferme à 23 h, Agota s'y rend souvent. Vincent poursuit son raisonnement, de plus en plus fébrile:

— Maintenant, pourquoi Débris? Pourquoi 30? Au club vidéo, les gars sont trop loin de la trentaine. Des bris? Dé-bri, bri-dé. Bridé? Les yeux bridés? Comme les Asiatiques? Qui on connaît qui est chinois?

Il se raidit, blême. Une idée vient de lui traverser l'esprit.

— Le dépanneur! Ça ne se peut pas! Et 30? C'est quoi encore?

Vincent ne cherche pas la réponse. Il attrape un bâton de hockey dans son placard et se précipite à l'extérieur de la maison. Il court jusqu'au coin de la rue et vérifie le numéro sur la porte du commerce: 4330!

— Je vais te tuer, Débris!

* * *

À l'hôpital, devant la porte de la chambre 527, Paulo hésite. Il est sorti de chez lui ce matin sans réfléchir. Pour la première fois de sa vie, il a acheté des fleurs. Un petit bouquet au supermarché de la rue Saint-Denis. Dans le métro, il se sentait gauche. Des femmes le regardaient, sourire aux lèvres. Un ado qui se rend à un rendez-vous amoureux, ça fait craquer les «matantes».

Il se lance, entre dans la pièce qui sent le désinfectant.

Zoé dort sur le dos, sa canule toujours fichée dans son cou. Elle ne va quand même pas passer sa vie avec ce truc !

Paulo salue l'homme allongé dans le lit voisin. Il cherche un vase, trouve un pot dans la salle de bain, le remplit d'eau et y plante son bouquet.

Zoé n'a pas bougé d'un millimètre. Elle est tellement belle, ainsi...

Ritalin pose les fleurs sur la table de chevet. Il hésite : devrait-il laisser un mot ? Il quitte la pièce et s'éloigne, se sentant incroyablement léger.

* * *

Le sergent-détective Gibassier est furieux. Devoir travailler un samedi l'exaspère. La saison du barbecue tire à sa fin, et aucune journée perdue ne se rattrapera. Oh, ce n'est pas le froid qui l'arrêtera, mais c'est plus agréable de griller des steaks en short qu'en anorak avec une tuque sur les oreilles.

Il a fait sortir Harry de sa cellule et s'apprête à le confronter avec ses preuves. L'écolo se pointe, accompagné d'un policier en uniforme. Ses traits sont tirés. Il marche lentement.

— Toi, t'es mûr pour un aveu, marmonne Abélard.

Le barbu se laisse tomber sur une chaise en face du flic.

— Vous m'avez parlé ?

— Je vous écoute, Vilensky.

— Qu'est-ce que vous voulez que je vous dise ? Que vous avez mauvaise haleine ?

L'enquêteur laisse passer le sarcasme. Il a connu pire.

— Soyez coopératif, Vilensky, et vous serez vite dehors.

— Hum.

— Nous avons trouvé chez vous une scie à métaux qui avait récemment servi. Vous êtes manchot, alors qui vous a aidé à découper les têtes de clous ? Il n'y a pas d'étau dans votre appartement.

L'enquêteur présente à Harry un cliché de l'outil ainsi qu'un échantillon des morceaux de clous utilisés pour dégonfler les pneus des 4 x 4. L'écolo demeure calme.

— J'ai utilisé ma scie pour enlever un barreau de l'escalier de secours en arrière de mon logement. Il ne tenait que d'un bout et risquait de blesser les enfants du locataire qui habite au-dessus. Ils passent toujours par ma cour pour aller jouer dans la ruelle. Vous pouvez vérifier, monsieur l'enquêteur.

Abélard manque s'étouffer de rage en entendant cette réponse.

— Ne faites pas l'innocent. Vous êtes coupable.

— Mais de quoi ?

Le flic brandit maintenant la liste découverte chez Agota.

— Votre complice, Agota, a noté vos directives pour dégonfler les pneus. Ce papier se trouvait sur son bureau.

Harry marque un temps d'arrêt. Ses pupilles se rétrécissent, puis reprennent leur taille initiale. De sa main gauche, il invite le sergent-détective à poursuivre sa démonstration. Le flic le bombarde de questions :

— Où est Agota, Harry ? Où l'avez-vous cachée ? Sa famille est morte d'inquiétude.

— Moi aussi.

Abélard l'interrompt :

— Sur cette liste, Agota a consigné les moments clés : choisir les 4 x 4 qui pèsent le plus de <u>tonnes</u>, enlever le <u>bouchon</u> de la valve, <u>visser</u> la tête du clou, remettre le <u>bouchon</u>, ça prend au maximum une <u>minute</u>, on peut en faire rapidement un grand <u>nombre</u>. Je vous entends d'ici lui dicter ça.

Harry garde le silence un instant après l'annonce de cette découverte. Son corps le trahit, il marque un fléchissement. Cette faiblesse pourrait être interprétée comme un aveu, mais le barbu se reprend de plus belle.

— C'est ridicule. Ce bout de papier ne prouve rien. Je n'ai rien à voir avec cette affaire. Libérez-moi sur-le-champ !

Gibassier pâlit. Il espérait que l'écolo craquerait, mais Harry a la peau dure. L'interrogatoire tourne en rond. L'enquêteur a besoin d'une preuve solide pour inculper Harry dans l'affaire des 4 x 4 aux pneus dégonflés. S'il n'a pas ça, il ne pourra rien entreprendre concernant la disparition d'Agota. Pourtant, il doit forcément y avoir un lien. Le flic suit son intuition, mais c'est tout ce qu'il a et ça ne suffit pas. Harry l'a bien compris.

Et tout ça par un beau samedi, en plus...

— Il est temps qu'Agota sorte de sa cachette. Vos enfantillages n'amusent plus personne, tranche Gibassier.

— Je n'ai vraiment pas le cœur à rire.

Abélard se racle la gorge. Il réattaque sur un ton plus grave, dramatique.

— Nous avons fouillé votre Passat, Vilensky. Elle n'était pas vierge.

— Ça devient stupide. Je n'ai rien fait, rien transporté. J'ignore où se trouve Agota et pourquoi elle a écrit ces mots. Si elle les a vraiment écrits, d'ailleurs.

— Votre coffre d'auto contenait de nombreuses traces...

L'enquêteur laisse sa phrase en suspens. Harry ne cille pas. Son self-control exaspère l'enquêteur.

— Des traces de marijuana, Vilensky. C'est comme ça que vous financez vos opérations de sabotage ?

— Mais... Vous ne pouvez pas me garder en prison pour... des traces! Je n'ai rien saboté. C'est insensé! Je réclame mon avocat, maintenant.

Harry ment au sujet de son innocence dans les opérations XXX.

Abélard le sait.

Harry sait que le flic sait.

Guerre des nerfs.

* * *

Vince pousse la porte du dépanneur avec son pied gauche. Une clochette frappe la vitre avec fracas. Il se dirige droit sur le Chinois qui se tient derrière la caisse. Le type se demande ce qui justifie une intrusion aussi brutale. Le jumeau d'Agota contourne le comptoir et plaque son bâton contre la gorge du gars.

— ELLE EST OÙ, AGOTA, DÉBRIS?

Le commerçant tente de se dégager, mais il est coincé contre le présentoir à cigarettes. Vincent accentue sa pression. Une avalanche de paquets de Camel dégringole sur le plancher.

— RÉPONDS!

Le gars essaie de se libérer la glotte, mais Vince a le dessus.

— TU L'AS CACHÉE OÙ, AGOTA?

Cette fois, Débris perd l'équilibre. Il tente de se rattraper aux étagères, mais il entraîne dans sa chute des dizaines de cartons de Gauloises Blondes légères. Vincent lui monte dessus à califourchon. Il lâche son hockey, qui devient difficile à manier dans cet espace réduit, et agrippe le cou du commerçant. Toute sa rage explose. Il va tuer ce salaud.

Mais avant, il faut retrouver sa sœur. Il repère une bombe de poivre de Cayenne cachée sous le comptoir. Il l'attrape et la brandit à deux centimètres de l'œil gauche de sa victime terrorisée.

— LIBÈRE AGOTA TOUT DE SUITE!

— J'ai pas... Je sais pas...

— EXÉCUTION!

Le gars gémit puis, après quelques secondes, parvient à articuler un début de phrase.

— Je ne sais pas où est Agota. Je le jure.

— Menteur!

Vince relâche quand même son étreinte pour l'écouter. Le gars sent l'urgence. Il explique:

— Non! J'ai juste écrit à ta sœur pour passer le temps à la job. Je m'ennuie, le soir. Une fois, Agota est venue acheter des cigarettes et elle parlait au téléphone avec une amie. Elle lui racontait une histoire d'adresse Hotmail. Pour rire, je lui ai envoyé un courriel et elle m'a répondu. Ç'a continué.

— Tu cherchais quoi?

Un client entre alors dans le dépanneur.

— Y A QUELQU'UN? crie-t-il dans le magasin qui paraît désert.

— Revenez demain, lance Vincent depuis l'arrière du comptoir. On est en inventaire.

— Ah… Bonne chance.

L'homme ressort sans demander son reste. Vince reprend son interrogatoire où il l'avait laissé.

— Tu cherchais quoi?

— Juste à passer le temps, je te jure. Je ne voulais pas qu'elle sache qui je suis. J'ai une famille, deux petits gars. Je suis un type sérieux.

Le Chinois s'exprime rapidement, par saccades. Vincent ne le croit qu'à moitié. Un an de correspondance pour si peu?

— C'est plate, tu sais, attendre les clients. L'hiver, je passe parfois une heure sans voir personne. Alors j'apporte mon portable et je navigue sur Internet. Je m'occupe, quoi.

Vincent le libère. Débris ramasse les paquets de cigarettes répandus sur le plancher. Il fait presque pitié.

— T'as quoi comme voiture? l'interroge soudain Vincent.

— Une camionnette Chrysler.

— Quelle couleur?

— Verte.

— Pourquoi tu n'as pas écrit depuis mardi ?

— J'ai vu les avis de disparition...

— Là-dessous, il y a quoi ?

Vince désigne la trappe sur le plancher, d'où il a déjà vu le commerçant remonter avec des marchandises.

— C'est la réserve. Il y a juste des caisses de boîtes de conserve.

— Ouvre !

Vince enfonce son bâton dans les reins du type et le pousse vers l'ouverture. Son prisonnier soulève le lourd carré de bois.

— Descends ! Vite !

Débris passe le premier, suivi de Vincent, qui n'a pas lâché son arme. En bas, c'est sombre et humide. Des cartons sont empilés en désordre, certains sont ouverts. Le frère d'Agota inspecte chaque centimètre carré de la réserve. Il cogne contre les murs pour déceler d'éventuelles ouvertures. Non, sa sœur n'est pas ici.

Le commerçant est resté en bas de l'escalier. Il ne bouge pas d'un poil.

— Qu'est-ce que tu fais, planté là ?

Vincent se rapproche. Débris se déplace à peine. Son comportement attire l'attention de Vincent, qui le repousse. Derrière lui, un coffre en fer est posé à même le sol de ciment. Vince l'ouvre.

— Tiens, tiens ! lâche-t-il, soudain intéressé.

Une dizaine de sacs Ziploc sont entassés dedans, chacun bourré de pilules de différentes couleurs. Il présente à Débris un sachet contenant des cachets bleus.

— Viagra ?

— C'est écrit dessus.

— Du vrai ou du faux ?

— Du vrai.

— Ça se vend bien ?

Débris ne répond pas. Il ouvre ses bras, l'air de dire qu'il n'y a pas de mal à arrondir ses fins de mois.

— Je confisque.

Vincent empoche le sachet.

— Mais non... Tu...

— Chut ! Débris, tu ne bouges pas de là. Je suis sûr que le sergent-détective Gibassier a des questions à te poser. T'es une vedette au poste 43, tu sais.

Le jeune homme hoche la tête en signe de résignation.

Vince remonte dans le magasin en enfermant le commerçant dans sa cave. Il coince la trappe avec son bâton de hockey et sort du dépanneur, à moitié rassuré. Il faut qu'il marche pour retrouver ses esprits.

Il pète les plombs trop vite. Il veut se battre avec tout le monde. Il doit contrôler son émotivité, sinon tout ça finira mal.

Il visualise Agota. Ne jamais effacer son image de son esprit.

Maintenant, il sait où aller.

* * *

Le face-à-face entre Harry et Abélard est interrompu par un policier en uniforme.

— Un jeune dénommé Vincent désire vous parler d'urgence.

— Qu'est-ce qu'il a encore inventé, celui-là ? répond Abélard.

— Il vous attend.

L'enquêteur se tourne vers le barbu et lui lance avec un sourire méchant :

— Sauvé par le gong. Mais on remet ça dans très peu de temps.

Il se hâte vers son bureau, où le frère d'Agota est resté debout, visiblement agité.

— Que se passe-t-il encore ?

— J'ai trouvé qui était Débris.

— Quoi ?

— Oui. Je… Agota n'est pas avec lui. Il… Je l'ai enfermé…

Gibassier écrase son poing sur la table.

— Écoute-moi bien, petit gars : la police, c'est moi qui la fais ! Tu vas me dire où se trouve ce Débris et, après ça, je ne veux plus que tu bouges de chez toi. Compris ? Tu vas finir par tout faire foirer.

— Mais…

— Ça suffit !

Vincent s'affale sur la chaise, à deux doigts de sangloter. L'enquêteur se radoucit.

— On va la retrouver, ta sœur. Mais toi et tes amis, vous devez vous calmer le pompon. Si ça continue, vous allez faire une bêtise que je ne pourrai pas rattraper.

— O.K. Désolé.

— Vous ne faites plus rien sans que j'en sois averti. Compris ?

Vincent hoche la tête. Gibassier prend un crayon et un bloc-notes.

— Maintenant, explique-moi en détail ce qui s'est passé.

Le récit de Vince achève de désespérer Gibassier. L'ado qui lui fait face se prend pour don Quichotte ! Quand les citoyens usurpent le rôle de la police et de la justice, c'est le début du chaos.

Le flic en uniforme surgit à nouveau.

— Chef, le manchot exige encore d'appeler son avocat. Je fais quoi?

Vincent se redresse aussitôt, excité.

— Harry est ici? Mais pourquoi? Ç'a rapport avec Agota?

Abélard soupire.

— Qu'est-ce que je viens de te dire?

Vincent ne l'écoute plus. L'idée que Harry soit chez les flics a réactivé ses neurones. De nouveau, il s'emballe.

— Je me disais, aussi, que cette histoire de dégonflage de pneus pouvait expliquer pourquoi elle se cache.

— Agota se cache? Comment tu sais ça?

— Ben, c'est une hypothèse, non?

— Et qu'est-ce que Harry vient faire là-dedans?

— Hein? Oh, rien, c'est une hypothèse...

Oups! Vincent comprend la gaffe énorme qu'il vient de commettre.

— Tu m'épuises, Vincent. Laisse-moi travailler en paix.

L'enquêteur Gibassier lui indique la sortie d'un index tremblant.

— Va t'occuper de ta mère. Je pense qu'elle en a besoin.

* * *

Dimanche soir, Vincent tourne en rond. Après l'épisode avec Débris, il se sent à la fois soulagé et démuni. Et un peu honteux. Il en a trop fait.

Les pistes s'annulent, les unes après les autres.

Justin n'a rien à cacher chez lui.

M. Pichon n'a pas écrit le billet obscène.

Débris est innocenté.

Il reste Harry et l'affaire des pneus dégonflés. Il faudrait parler avec le barbu pour s'assurer qu'Agota ne se planque pas dans un coin perdu en attendant que son action contre les 4 x 4 ait été oubliée.

Mais, aux dernières nouvelles, l'écolo est toujours détenu. Jusqu'à quand ? En plus, avec sa gaffe devant Gibassier, Vincent a sans doute empiré la situation. Harry ne lui pardonnera jamais. Tourner sa langue dans sa bouche...

Reste aussi le cas Bumper. Ce mécano de malheur était bel et bien attiré par sa jumelle, mais il travaillait le soir de sa disparition. Trois témoins ont confirmé à la police qu'il se trouvait avec eux au garage. Certes, ce sont trois employés de son père, mais le parjure coûte cher...

Quoi d'autre ?

La sonnette retentit. Vince se précipite à la porte. Gab se tient sur le seuil, livide.

— Hé, Girafon! Qu'est-ce qui se passe? Tu es malade?

Le grand hausse les épaules, replace ses lunettes sur son nez et entre sans prononcer un traître mot, ce qui n'est pas dans ses habitudes.

— Ben, Gab, je ne t'ai jamais vu de même... T'as... t'as des nouvelles d'Agota?

Girafon secoue la tête de droite à gauche, dans un mouvement à peine perceptible, puis il se décide à desserrer les lèvres.

— Je peux te parler?

— Bien sûr! Viens dans ma chambre, on sera plus tranquilles.

Ils s'installent dans la petite pièce qui donne sur la cour arrière. Vincent se laisse tomber dans le fauteuil près de la fenêtre grande ouverte. Jeanne a dû sortir sur la terrasse, car sa voix brisée leur parvient. Vince ferme la fenêtre. Inutile de s'épier les uns les autres.

— Puis? demande-t-il à son ami.

— C'est simple et c'est compliqué.

— Ah.

Le regard de Gab rebondit sur tout ce qu'il touche, à la manière d'une balle de ping-pong lâchée dans une cage d'escalier.

— Eh, Girafon! Calme-toi!

— Hein? Ouais. Écoute: je ne sais pas trop comment te le dire...

— Quoi?

Ça n'a jamais été dans les habitudes de Girafon de tergiverser de la sorte. Qu'il vide donc son sac au plus vite.

Soudain, ses yeux se fixent sur Vincent.

— Je dois me rendre à l'évidence.

— Mais de quoi, Gab?

— Je suis gay.

— Hein?

Voilà la dernière idée qui lui serait venue à l'esprit. Gab paraissait amoureux de Zoé, et son évidente rivalité avec Paulo et Bumper amusait Vincent. Girafon, homosexuel? Depuis quand?

— T'as découvert ça d'un seul coup? Qu'est-ce qui te permet d'en être certain? Parfois, on est mêlés, on se cherche. Moi aussi, je me suis déjà posé la question. C'est normal...

Girafon cogne trois coups sur son crâne avec son index. Un rictus figé se dessine sur ses lèvres.

— Ouais, je suis sûr. À 100%, même. Il faut que j'arrête de me mentir, tu comprends? La vérité, c'est que je ne suis pas attiré par les femmes. Je m'en suis rendu compte en regardant le blogue de M. Cochon avec Zoé. J'étais plus excité par les photos du type qui posait nu que par elle, en chair et en os, à deux doigts de moi. Ma vraie nature m'a envoyé un message clair. Je suis fixé.

Vincent assimile la nouvelle. Gab est gay, et alors? Ce n'est pas une maladie. «C'est moins pire que ses allergies au pollen de graminées et à l'aspirine», pense-t-il.

— L'essentiel, c'est que tu sois bien là-dedans. Il vaut mieux en parler à quinze ans qu'attendre d'avoir quarante ans, une femme et cinq enfants pour sortir du placard. Tu ne crois pas?

— Facile à dire, rétorque Gab.

— Je sais.

— C'est dur à assumer. Ça change tellement de choses.

Un silence s'installe un court instant, rompu par Girafon après une profonde inspiration.

— Le pire, c'est que je suis attiré par toi, Vince.

— Ah! se contente de répondre Vincent. Ce n'est pas banal, en effet, balbutie-t-il enfin.

Quand votre meilleur ami vous annonce qu'il est amoureux de vous, vous êtes censé répliquer quoi: «Ça me fait plaisir»?

— Je suis conscient que je te mets plus dans l'embarras qu'autre chose. Mais tant qu'à faire mon *coming out*, j'ai décidé d'aller jusqu'au bout. Ça te gêne?

— Nan, nan. Disons que tu me prends de court. Je suis heureux que tu aies pris conscience de ton orientation sexuelle. Mais je ne m'attendais pas à jouer un rôle aussi... important, disons. Je ne suis pas gay, moi... Désolé pour toi.

— Tu n'as pas à être désolé, Vince.

Gab se lève d'un bond, et Vincent se plaque contre le dossier du fauteuil. Un réflexe stupide lui a commandé de se protéger, alors que son ami a juste besoin de se dégourdir les jambes. Il a peur de quoi ? De se faire violer par son vieux *chum* du primaire ?

Girafon a noté sa réaction, mais il préfère ne pas s'y attarder.

— Je vais faire un tour. J'ai besoin de marcher.

* * *

La nuit tombe peu à peu. Jeanne se tient le plus loin possible de sa chambre. Comme si le diable en personne l'attendait dans son lit. Elle finit son verre de vin rouge, un merlot que Justin a apporté aujourd'hui. La présence du boucher l'a réconfortée. Son attention est sincère.

Il vient chaque jour aux nouvelles. Il l'écoute, la conseille. Son amitié est précieuse. Un soutien indispensable durant son épreuve.

Mais ce soir, la mère d'Agota a besoin de plus pour lutter contre les démons qui rôdent. Elle se reverse à boire. Sur la terrasse, l'air est doux. L'ivresse engourdit une partie de son désarroi. Mélangé à des somnifères, le vin devrait agir avec efficacité.

Dans la ruelle sombre, une chatte en chaleur miaule, exprimant son désir avec insistance. Les rapports animaux sont directs, sans blabla inutile.

— Je ne veux plus de ces cauchemars, lance Jeanne dans la noirceur. Je veux ma fille.

Elle vide son verre d'un trait et finit la bouteille. L'alcool est doux, il réconforte. Il évite de trop réfléchir.

Le téléphone sans fil sonne. Jeanne décroche, le cœur battant.

— Madame Francœur ?

— Oui. Qui la demande ?

— Christian Perrier. Je suis le père de la jeune fille que votre fils a découvert dans le building de la rue Saint-Christophe. Je voulais vous remercier.

— Je vous en prie. Vous... Vous avez su ce qui s'était passé ?

— Rien de certain, mais ma Cindy fréquentait un milieu de voyous et de drogués. Elle a succombé à une overdose, et quelqu'un l'aurait placée là pour se débarrasser du corps. Enfin, c'est ce que croit la police...

— Je suis sincèrement désolée...

— Et vous ? J'ai appris pour votre fille. Vous avez des nouvelles ?

— Non, rien.

— Surtout, gardez espoir, madame Francœur. Bonsoir.

— Bonsoir, monsieur Perrier. Et tenez-moi au courant s'il y a des suites à...

— Bien sûr, souffle-t-il dans un filet de voix.

Cet homme a perdu son adolescente à peine plus âgée qu'Agota. Rien de plus horrible ne peut arriver à un parent.

Jeanne rentre dans la maison, elle n'a pas lâché le téléphone. Cette conversation l'a achevée. Mais dans quel monde vivent-ils? Garder espoir... C'est plus facile à dire qu'à faire.

Elle commence à composer un numéro, puis s'arrête. Elle se lève, décroche le portrait de Blaise et le place par terre, face contre le mur. Puis, elle reprend le combiné en murmurant:

— Je suis sûre que tu me comprendras, Agota.

DANS LE PROCHAIN ÉPISODE

À qui Jeanne téléphone-t-elle aussi tard ?

Le sergent-détective Gibassier va-t-il
réussir à coincer Harry ?

Paulo gagnera-t-il le cœur de Zoé,
ou celle-ci succombera-t-elle
au charme de Bumper ?

Agota reviendra-t-elle un jour ?

Les Allergiks ANDRÉ MAROIS
Épisode 9 : Cochon pète les plombs

epizzod

EN VENTE PARTOUT DÈS
LE 9 MARS 2009

La communauté Epizzod

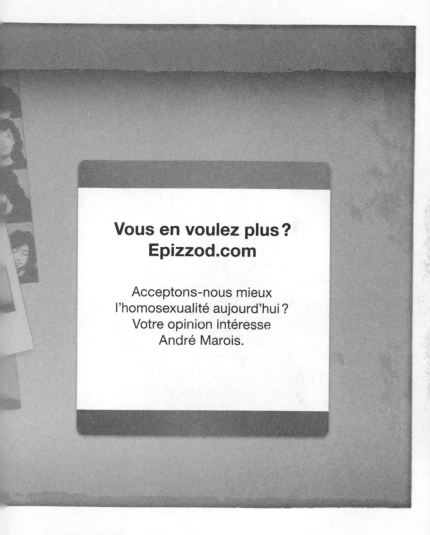

**Vous en voulez plus ?
Epizzod.com**

Acceptons-nous mieux
l'homosexualité aujourd'hui ?
Votre opinion intéresse
André Marois.

Pour mettre son mot ou sa marque
sur la communauté d'Epizzod, il suffit
de s'inscrire…

Les séries Epizzod

Il y a Anouk, la fille de mes rêves, qui ne sait pas encore que j'existe.

Il y a Paiement, le chef de la gang du jet-set, qui cruise Anouk.

Il y a mon frère, le plus cave des imbéciles, qui me torture depuis des années.

Il y a Pavel, le plus mystérieux des gars de seize ans, qui vient de débarquer au collège.

Et il y a moi.

Je m'appelle Martin, et tous ces gens vont bouleverser ma petite vie plate.

Les créateurs

André Marois

André Marois est né en France et il vit maintenant au Québec. À la courte échelle, il a publié plusieurs romans pour les jeunes, dont *La main dans le sac*, paru dans la collection Jeune Adulte.

Auteur de nombreuses nouvelles, André Marois a remporté plusieurs prix littéraires au Québec et en Europe. Il a notamment été lauréat des Prix littéraires Radio-Canada, dans la catégorie Nouvelles. En 2008, il recevait le Grand prix du concours des Magazines du Québec dans la catégorie Chronique d'humeur.

André Marois aime les intrigues policières. Il prétend que sa couleur préférée est le noir, comme dans les romans, les tenues de deuil et les yeux meurtriers.

Alexandra Myotte

Spécialisée en production d'animation 2D, Alexandra Myotte a travaillé à divers projets pour les Cinémas Guzzo et les chaînes MusiquePlus, Global et CTV. En 2008, elle remportait le concours de Bande à part « Réalisez le prochain vidéoclip de Karkwa ». Depuis, elle a collaboré à plusieurs reprises avec ce groupe.

Les éditions de la courte échelle inc.
5243, boul. Saint-Laurent
Montréal (Québec) H2T 1S4
www.courteechelle.com

Directrice de collection :
Geneviève Thibault

Révision :
Julie-Jeanne Roy

Direction artistique :
Francisco Sottolichio

Infographie :
Pige communication

Dépôt légal, 1er trimestre 2009
Bibliothèque nationale du Québec

La courte échelle reconnaît l'aide financière du gouvernement du
Canada par l'entremise du Programme d'aide au développement de
l'industrie de l'édition pour ses activités d'édition. La courte échelle
est aussi inscrite au programme de subvention globale du Conseil
des Arts du Canada et reçoit l'appui du gouvernement du Québec
par l'intermédiaire de la SODEC.

La courte échelle bénéficie également du Programme de crédit
d'impôt pour l'édition de livres — Gestion SODEC — du gouvernement
du Québec.

**Catalogage avant publication de Bibliothèque et Archives nationales
du Québec et Bibliothèque et Archives Canada**

Marois, André

    Fouiller parmi les débris

    (Les Allergiks ; 8)

    ISBN 978-2-89651-024-5

    I. Titre.

PS8576.A742F68 2009   C843'.54   C2008-942082-9
PS9576.A742F68 2009

Imprimé au Canada

Dans la même série :